RIMES SANS RAISON

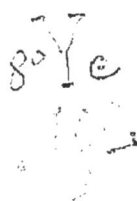

616 — 82. — IMPRIMERIE D. BARDIN ET Cⁱᵉ, A SAINT-GERMAIN

FABRICE C. LABROUSSE

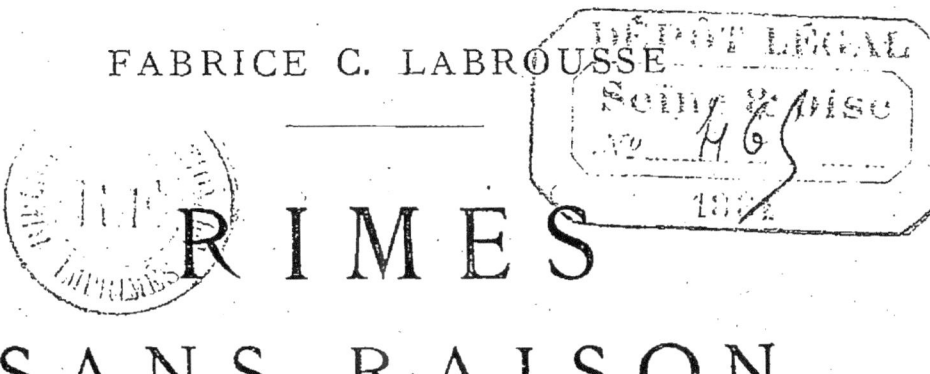

RIMES
SANS RAISON

AVEC UNE PRÉFACE

DE

M. CHARLES DESMAZE

PARIS

AUGUSTE GHIO, ÉDITEUR

PALAIS-ROYAL, 1, 3, 5, 7, GALERIE D'ORLÉANS

1882

PRÉFACE

PRÉFACE

PAR M. CHARLES DESMAZE

ancien conseiller en la cour d'Appel de Paris, officier de la Légion
d'honneur, officier d'académie, membre du conseil
départemental de l'instruction publique de la Seine.

Mesdames, Mesdemoiselles (?) Messieurs,

Ce léger ouvrage que publie M. Fabrice C. Labrousse, nous voulons avoir l'honneur de le présenter
à votre appréciation aussi éclairée que bienveillante.

A notre époque si prosaïque, si désenchantée, si
terne, si blasée, où le style télégraphique remplace,
hélas! la cadence des périodes, il faut un certain cou-

rage pour encore aligner des rimes, et écrire en vers, cette langue des Dieux, ainsi qu'on disait quand il y avait partout des divinités !

N'anticipons pas sur les événements, et avant de vous signaler les poésies, traçons le signalement même du poète, en l'empruntant à son dernier passeport :

Né à Paris, en 1855 ; cheveux ? blonds ; barbe taillée par un habile coiffeur, moustaches éveillées ; taille ? 1 mètre 68 ; teint ? rosé ; yeux ? bleus ; nez ? droit.

Signes particuliers : officier dans la réserve, en manque quelquefois ; et journaliste par-dessus le marché ! s'obstine à porter un lorgnon pour ne pas voir, afin de ressembler même vaguement à Aurélien Scholl, à Alphonse Daudet, à Louis Leroy, à Edmond Gondinet et autres écrivains qui tempèrent par des verres l'éclat de leurs regards.

Dès son entrée en ce monde, la vérité nous force à confesser que les parents de Fabrice, fiers d'avoir un héritier du nom, le firent tout d'abord vacciner, moins pour propager la théorie de Jenner que pour préserver leur rejeton des contaminations

que l'enfance rencontre à Paris et même à la cam-
pagne, la terre de Grandcamp non exceptée !

A peine sevré (nous n'omettons rien !) on habitua
ses dents débiles encore, incisives très pointues, à
déchirer des viandes saignantes, nourriture des lions
et des collégiens.

Le lycée Louis le Grand n'a pas oublié ses premiers
ébats de collégien. Les sacrifices, les labeurs con-
densés dans les serres chaudes, nommées, par déri-
sion sans doute : *classes d'humanité*, devaient avoir leur
récompense : après moult lauriers scolaires, le prix
de discours français fut, au grand concours de 1873,
décerné au studieux rhétoricien, pendant que la musique de Paris jouait : *Où peut-on être mieux qu'au
sein de sa famille!* (Note : on n'avait pas encore pro-
clamé la *Marseillaise* comme chant national).

Bientôt bachelier, notre ami, attiré vers le barreau, se
fait avocat pour suivre l'exemple de cette jeunesse
contemporaine, laquelle n'est heureuse de se mettre en
robe que parce que c'est le rêve de tous les Chérubins.
Puis, en attendant que les affaires viennent, comme
au début le client est rare, malgré le talent, à défaut

des réalités, on rêve, on aime, on espère, on attend, on l'attend toujours celle qui ne vient jamais... et l'on écrit des vers.

Ces premières impressions de la jeunesse, nous les retrouvons donc ici comme des primevères, et nous les saluons de nos regards, de nos souvenirs et de nos vœux.

Au rideau !

D'abord c'est l'*Accompagnateur*, ce paria, dans toutes les fêtes, immobile, faisant sauter les autres de dix heures du soir à l'aube pour vingt francs, oublié dans un coin, et après le cotillon regagnant à pied un gîte lointain ; après la danse, dans le boudoir des confidences sans doute *une Veuve* passe en revue les feux qu'elle a successivement éteints sans fatigue et qu'elle ne désespère pas de rallumer.

Il y a encore du brasier sous les cendres précieusement gardées dans le *Coffret* fermé à clef, que l'on ouvre en tremblant alors qu'on est bien seul.

Peut-on entrer? murmure une voix. Oh ! oui bien vite, car un cœur de *Dix-huit ans* soupire toujours avec une fièvre que le temps, les déceptions, les défaillances sauront calmer.

On aime alors toutes ses *Voisines*, ombres chinoises à peine entrevues, sans savoir même la couleur de leurs yeux changeants, et quand on a cultivé quelques blondes, on pousse un cri de détresse : *Une brune, s. v. p.?*

Mais on a de bons yeux pour noter au passage de gentils tableaux parisiens; *En attendant l'omnibus* on avance, et dans les *Champs-Elysées* on sourit devant les bébés dont quelques années feront des femmes.

Un minois gentil passe-t-il à portée du lorgnon? *Peut-être le bonheur était là*, se dit notre poète; il abandonne bientôt les soupirs, pour roucouler de sa bonne et chaude voix: *V'nez sus l'banc !* tout comme Delaunay qnand il y pousse sa tante, la luxuriante Croizette, dans l'*Etincelle*.

Aux fumeurs qui sourient des prédictions sinistres de la société contre l'abus du tabac, nous recommandons l'épître gouailleuse dédiée à son président; à d'autres, *Oraison funèbre* faite pour le poète famélique, habitué à la misère, destiné à mourir dans l'Hôtel-Dieu comme Gilbert.

Après l'hymne à *Noël*, M. Fabrice Labrousse salue en passant son ancien ami le « gradus ad Parnassum » et verse un pleur *Sur les vers latins* disparus ; il en verse un autre en songeant aux *Séparations;* c'est toujours la même plainte du cœur oppressé, avec un sourire sous les larmes !

L'ingrate partie, les accès de *Jalousie* oubliés, l'abandonné s'en va de son côté demandant : *Une brune, S. V. P.;* cette prière est le mot de la fin ; terminons avec elle l'indication des petites pièces contenues dans ce volume, à propos duquel on nous saura gré de n'avoir pas voulu faire un discours d'esthétique, en comparant Sophocle à Eschyle, Anácréon à Catulle, Racine à Ovide.

Nous souhaitons des lecteurs au jeune poète, inspiré par les fleurs senties, les femmes entrevues ou désirées, et mis en belle humour par les tableaux observés.

Nous avons indiqué les titres comme un jardinier pose des étiquettes sur ses rosiers !

MERCI

MERCI

VERS DÉDIÉS

A MONSIEUR NÉTIEN, MAIRE DE ROUEN

ET DITS AU THÉATRE DES ARTS
A LA REPRÉSENTATION EXTRAORDINAIRE DONNÉE AU BÉNÉFICE
DES INONDÉS DE TOULOUSE
PAR LES VOLONTAIRES DU 28e RÉGIMENT

1875.

Grâce à vous, au malheur nous pourrons être utiles.
Nous laissons un instant de côté le fusil
Confié pour un an à nos mains inhabiles,
    Et nous venons vous dire à tous : Merci !

Quand nous voyons meurtri le sol de notre France,
Maintenant que chacun compte en un régiment,
C'est à nous de marcher, l'ennemi qui s'avance,
Brisant tout devant lui, fût-il un élément.

Toulouse, du Midi la cité souveraine,
Des Muses d'autrefois asile vénéré,
Surprise, tu t'es dit, en regardant la plaine :
« Mon soleil, dans sa route, est-il donc égaré ? »

L'épi ne mûrit point ; de tristes jours se passent,
Sur les monts de Pyrène un linceul est jeté,
Et, sous un ciel obscur, les nuages s'entassent,
Comme les précurseurs d'une calamité.

Calamité ! Trompe orageuse
Qui porte un déluge en ses flancs,
Et suit sa marche désastreuse
Au souffle des noirs ouragans ;

On voit des vagues qui grandissent
Et qui toujours vont et mugissent
Ainsi qu'un Océan nouveau ;
La terreur marche devant elles,
Et la mort, déployant ses ailes,
Promène son fatal niveau !

Sur les flots en fureur, un élan électrique
Sème le dévoûment, fils de l'humanité,
Et d'Hautpoul, englouti dans sa lutte héroïque,
Remonte de l'abîme à l'immortalité.

Nos soldats qui, dans la bataille,
Serrés autour de leur drapeau,
Savent affronter la mitraille,
Courent affronter le fléau.
Au lieu de ces cris de victoire,
Éclatants échos de la gloire,

PEUT-ÊTRE LE BONHEUR ÉTAIT LA !

PEUT-ÊTRE LE BONHEUR ÉTAIT LA !

Quand l'homme a rencontré celle que chaque rêve
Lui montre et qu'il adore en fou, dès qu'il la voit,
Il peut dire aussitôt de cette fille d'Ève :
      Elle est faite pour moi.

Son amour est de ceux que jamais rien ne lasse,
Il le sent : il pourrait, s'il était plus hardi,
Le dire, avec un mot... pourtant la femme passe
      Et le mot n'est pas dit.

D'être aimé quelquefois l'espérance si douce
L'entraîne, et l'aveu sort de ses lèvres, tout bas :
Mais quelquefois aussi la femme le repousse
    Et ne le comprend pas!

L'homme suit son chemin, il achève son rôle,
Sous le chaume il oublie aussi bien qu'au château,
Jusqu'au jour où le deuil vient, sur sa faible épaule
    Jeter son noir manteau.

Alors, il se souvient et songeant à cet être,
Que son regard avide un instant contempla
Il étouffe un soupir en murmurant : Peut-être
    Le bonheur était là !

L'ACCOMPAGNATEUR

L'ACCOMPAGNATEUR

Vous qui ne souffrez point des hivers froids et lcngs,
Vous qui vous promenez de salons en salons,
Écoutant les échos des danses amoureuses,
Rassemblés sous les lois des valses langoureuses,

Sur le parquet glissant, avez-vous, par hasard,
Tourné, dans un moment de repos, le regard
Vers l'homme, dont la main vous donnait la cadence
Et d'un rythme joyeux animait chaque danse?

Dans un coin du salon, avez-vous vu, là-bas,
Celui dont les accords venaient régler vos pas?
Ah ! si vous l'avez vu, vous avez dû le plaindre
Et sentir aussitôt la pitié vous étreindre !

Le soir où mon regard s'en fut de son côté,
En songeant à son sort, j'ai perdu ma gaieté ;
Je me suis demandé pourquoi donc la faim jette
Ainsi des malheureux jusqu'au sein d'une fête,

Et pourquoi Dieu, parmi ces couples vaniteux,
Sous les lustres dorés place un pauvre honteux.
Paria des salons, dans la foule parée,
Il porte son habit noir, comme une livrée,

Et sur ceux qu'il dirige, obéi comme un roi,
Il promène un regard indifférent et froid ;
Les mains sur le clavier, si dans le bruit des danses
Il surprend, malgré lui, de tendres confidences,

Ou quelque doux propos, qu'on échange bien bas,
Il sourit tristement et ne s'arrête pas...
S'arrêter? Le peut-il? Quand parfois la fatigue
Vient engourdir ses doigts, aussitôt une ligue

De danseuses l'entoure, impatientes voix,
Qui, sur un ton pressant, répètent à la fois :
« Plus vite! Allons, monsieur!» Et les brunes, les blondes
Reprennent, sous ses yeux, leurs courses vagabondes.

Ne rêve pas d'amour, va, pauvre Juif errant,
De la musique, va! Demeure indifférent;
Vois la main dans la main passer dans les quadrilles,
Des jeunes gens titrés, de belles jeunes filles,

Et vois, dans les fauteuils, rajeunir les mamans
En regardant sourire et danser leurs enfants !
Puis quand aura sonné l'heure de la sortie,
Et que chaque danseuse enfin sera partie,

2

Qu'on t'aura payé, mets sous tes bras engourdis,
Ton rouleau de musique et gagne ton taudis.

Là, tu pourras du moins rêver que la fortune
Transforme ta mansarde en palais, que chacune
Des femmes qui passaient, en ne te voyant pas,
Au bal, quand tu parais, sollicite ton bras,

Que riche tout à coup, tu sais charmer sans peine
Grand seigneur et manant, bourgeoise et châtelaine,
Et que chacun des sots que tu faisais valser
Au piano s'installe et vient te remplacer !

CONFESSION D'UNE VEUVE

CONFESSION D'UNE VEUVE

Tout bien jugé, je crois que pour les femmes
Sur cette terre, il n'est point de bonheur ;
Qu'on a de peine à rencontrer, Mesdames,
L'homme idéal, rêvé par notre cœur !

Moi, je n'ai pas de chance en mariage,
Et, sans remords je l'avoue, entre nous,
Je réclamais le divorce avec rage,
Quand je perdis feu mon premier époux. —

2.

Sans réfléchir, je me fis d'abord fête
De conserver toujours ma liberté...
Mais il paraît que je n'étais pas faite
Pour vivre seule avec tranquillité.

Au bout d'un an, je devenais morose,
Je maigrissais un peu... que voulez-vous ?
Voyant, chez moi, qu'il manquait quelque chose,
Je remplaçai feu mon premier époux !

Quand nous aimons, quelle erreur est la nôtre !
Sans posséder la moindre qualité,
Mon nouveau maître a les défauts de l'autre :
Le changement ne m'a pas profité !

L'un mangeait tout, l'autre de tout se prive ;
L'un criait trop ! L'autre est vraiment trop doux !
Qui me l'eùt dit ? Quelquefois il m'arrive
De regretter feu mon premier époux !

Feu mon époux, me querellant sans cesse,
Plus d'une fois de me lasser manqua :
Je crus agir, avec grande sagesse,
En choisissant un homme délicat.

Mais, je le vois, je préfère, à cette heure,
Les maris vifs à ceux qui sont trop mous.
Du haut des cieux, ta dernière demeure,
Es-tu vengé, feu mon premier époux ?

Que mon exemple au moins profite aux femmes ;
Car mon deuxième, ainsi que mon premier,
Essai loyal, fut malheureux ! Mesdames,
Que le premier, pour vous, soit le dernier !

Je vais attendre, avec impatience,
Le jour heureux et le moment bien doux
Où je pourrai, sans autre expérience,
Vous dire enfin : Feu mon second époux !

LE COFFRET

LE COFFRET

Comme je sais, hélas ! que ma jeunesse
    Ne pourra pas durer toujours,
De souvenirs charmants je fais sans cesse
    Provision pour mes vieux jours.

Quand je verrai que l'amour se retire
    Qu'à laisser la cage il est prêt,
Je veux trouver encor de quoi sourire,
    En regardant en mon coffret.

Car dès l'instant où les yeux d'une femme
Ont, en moi, fait naître un désir,
Charbons éteints d'une brûlante flamme,
Gages d'amour et de plaisir,

Rubans fanés, portraits, fleurs de corsage,
J'ai soigneusement en secret,
Pour m'égayer, quand je deviendrai sage,
Tout enfoui dans un coffret.

L'amour a mis les gants d'une lorette
Près d'un petit col chiffonné,
Et les cheveux d'une folle grisette
Près d'un beau mouchoir blasonné ;

Quant aux billets, j'en possède trois rames !
Que de choses on apprendrait
Si l'on trouvait... Rassurez-vous, mesdames,
J'ai toujours la clef du coffret !

Aussi j'attends, sans grande inquiétude
    L'heure où mon front s'assombrira,
Où de quitter toute amoureuse étude
    Une ride m'avertira.

Je sourirai, pour tromper la vieillesse,
    L'ennui, le dégoût, le regret,
Aux souvenirs aimés de ma jeunesse
    En regardant en mon coffret !

PEUT-ON ENTRER ?

PEUT-ON ENTRER?

Peut-on entrer? J'offre ma vie
Pour votre cœur ! y pénétrer,
   Est ma plus douce envie :
      Peut-on entrer ?

De vos amoureux la cohorte
Passe le temps à murmurer,
Comme moi, près de votre porte,
   Peut-on entrer ?

Avec moi partez pour Cythère
Et permettez-moi d'espérer
Que je serai seul locataire :
    Peut-on entrer?

A mes vœux froidement rebelle,
Me laisserez-vous soupirer?
Exaucez-moi, ma toute belle :
    Peut-on entrer ?

Un rival plein d'heureuse audace
De ce cœur a dû s'emparer;
Il aura pris toute la place!
    Peut-on entrer ?

A mes désirs, daignez sourire,
Daignez d'un geste me montrer,
    D'un mot me dire :
    On peut entrer !

DIX-HUIT ANS!

DIX-HUIT ANS !

Dix-huit ans! C'est l'âge critique
Où l'on a cessé d'être enfant
Pour entrer dans cette boutique
Que la société tient en grand.

L'espérance en poche, on arrive,
On croit à l'éternel bonheur,
Aux serments de l'amitié vive,
A tous les mensonges du cœur.

3.

On veut la fugitive ivresse
De l'homme, qu'il soit sot ou plat,
Et l'on jette au vent sa jeunesse;
Tant mieux pour qui se trouve là !

C'est le changement qu'on désire ;
L'amour pur attriste : on le fuit ;
Quand l'amant qui pleure et soupire
Est jaloux, on se rit de lui.

On s'amuse de ses alarmes,
On torture les cœurs gaîment,
Gaîment on gaspille ses charmes,
En se grisant d'un compliment.

Fi de ceux qui toute leur vie
Chantent le même et froid duo !
On se prend... et puis on s'oublie,
On se retrouvera... là-haut !

On a voulu, vive et mutine,
Enivrer d'amour tout Paris :
Dès qu'une ride se dessine,
On rencontre... quoi ? le mépris !

La lèvre sent bientôt la lie
Dans la coupe vide, et bientôt
On dit : Ce n'est que ça, la vie !
Ah ! si je l'avais su plus tôt !

LES YEUX DE MA VOISINE?

LES YEUX DE MA VOISINE?

Vous avez de bien beaux yeux,
Ma voisine !
Sont-ils noirs, ou sont-ils bleus ?
Je ne sais; mais j'imagine
Que, noirs ou bleus, tous les deux
Doivent rendre bien heureux
Celui qui s'approche d'eux.

Vous couvrez votre peau fine
De ravissants peignoirs bleus,
Que plus d'un œil envieux
Contemple; car l'on devine
Dans chaque chambre voisine
Un amoureux curieux.

Vos airs, votre grande mine
Et votre beauté divine
Ont allumé bien des feux,
Dans ce quartier malheureux.
De près (de très près, voisine),
Je voudrais bien voir les yeux
Qui troublent jeunes et vieux!

Si le désir qui me mine
N'est pas trop ambitieux,
A votre lèvre assassine

Mettez une fleur mutine
Qui me dira, ma voisine,
Que vos deux grands et beaux yeux
Veulent bien faire un heureux.

MONSIEUR LOULOU

MONSIEUR LOULOU

i

Fuyant d'ennuyeuses pensées,
Je m'arrêtai, quelques instants,
Un beau jour, aux Champs-Élysées,
Devant deux marmots de sept ans.

L'un, de notre sexe maussade,
Dans ses bras tenait un bateau,
En écoutant sa camarade
Qui grignotait dans un gâteau.

« Je connais un jeu, disait-elle,

« Où, Loulou, tout le temps on rit :

« Moi, je ferai la demoiselle,

« Et toi, tu seras mon mari. »

Monsieur Loulou, prudent et sage,

Répondit : « Mon petit papa

« Dit en parlant du mariage

« Que rien n'est triste comme ça.

« Mon grand-père, j'ai pu l'entendre,

« Hier s'est écrié, plein de feu :

« A qui le dites-vous, mon gendre ! »

« Aussi, je me méfie un peu. »

« — On voit bien, continua-t-elle,

« Que tu ne sais ce que tu dis ;

« Croyons-en ma cousine Estelle,

« Un ménage est un paradis ! »

— Gravement, sans changer de place
Loulou de demander eut soin :
« Qu'est-ce qu'il faudra que je fasse? »
(Ce garçon plus tard ira loin). —

— « Tu me paieras des violettes,
Avec ta pièce de deux sous,
Et nous irons voir les toilettes
Tous deux, bras dessus, bras dessous.

« De modiste et de couturière
Avec moi tu deviseras,
Et sans attendre ma prière
Chez elles tu me mèneras.

« Nous nous promènerons ensuite
Et, comme c'est fort bien porté,
Nous dirons, en faisant visite,
Que l'on t'a nommé député !

« Non !... sénateur je te préfère

« Et tu dois l'aimer mieux aussi ;

« On a moins de choses à faire ;

« Tu seras plus tranquille ainsi ! »

Et la ravissante fillette

Attendit, levant d'un air fin

Son tout petit nez en trompette

La réponse du gros bambin.

Après avoir fait la grimace

Et réfléchi, Monsieur Loulou

De lui répliquer eut l'audace :

« Mais ça n'est pas drôle du tout ! »

Et prenant une voix sévère

Il ajouta, le petit sot !

« Je suis de l'avis de mon père :

« J'aime mieux jouer au cerceau ! »

La petite, sans plus rien dire,
Le contempla, pendant longtemps,
Et dans son regard je crus lire :
« Tu me le paieras... dans vingt ans ! »

A PROPOS DE L'*ÉTINCELLE*

A PROPOS DE L'*ÉTINCELLE*

A M. PAILLERON

V'nez sus l' banc !

Dans un coin sombre du bocage,
Près d'un buisson mystérieux,
Il est un banc sous le feuillage,
Au fond du parc silencieux.
C'est là qu'il vous peignait sa flamme,

Le soir, loin des regards jaloux,
Celui (Dieu conserve son âme!)
Qui fut mon oncle et votre époux...
Pour consoler votre âme aimante,
Chasser un chagrin absorbant,
    Allons, ma tante,
    V'nez sus l'banc !

Que ce pauvre banc dut entendre
De brûlants serments se forger,
Que jadis il a dû surprendre
De baisers prompts à s'échanger !
S'il est vieux, vous êtes bien jeune
Pour n'y pas retourner un jour,
Et prolonger longtemps ce jeûne
De doux propos, de mots d'amour ;
Ne verra-t-il plus une amante
Près de lui guettant son amant ?
    Allons, ma tante,
    V'nez sus l'banc !

Venez ! c'est le moment des roses,
Tout chante et sourit sous les cieux ;
Regardez les riantes choses
Que le soleil dore à nos yeux !
Dieu veut que l'on aime et qu'on vive
Sous les baisers du renouveau,
Et mon oncle (quoi qu'il arrive !)
De nous sera content... là-haut.
C'est en son nom que je vous tente,
Obéissez en succombant :
    Allons, ma tante,
    V'nez sus l'banc !

Gâterez-vous, fraîche et gentille
Sous les pleurs un teint séduisant ;
Vous vous devez à la famille,
Ma tante, souvenez-vous-en.
Rappelez-vous que rien ne dure,
Chagrin ni plaisir, ici-bas,

Et songez que l'agriculture
Toujours, hélas ! manque de bras !
Souriez au banc qui vous tente,
Et répondez en y tombant :

Allons, ma tante,
V'nez sus l'banc !!!

MATIN ET SOIR

MATIN ET SOIR

Quand l'aube de ses doigts de rose
Ouvre les portes du matin,
Depuis l'œillet jusqu'à la rose,
Chaque fleur prend un air mutin.
Dans leur ardeur inassouvie
Elles semblent en s'animant
Aspirer à longs traits la vie :
Mais c'est pour un jour seulement !

Quand le crépuscule plus sombre
Ouvre les portes de la nuit,

Chaque fleur se ferme dans l'ombre
Et pleure le soleil qui fuit ;
Abandonnant leur air de fête,
Tristement, au bord du chemin,
Elles semblent, baissant la tête,
Murmurer : Vivrai-je demain ?

Ainsi la gente demoiselle
S'éveille au matin d'un beau jour,
Aspirant une ardeur nouvelle
Aux rayons du soleil d'amour ;
Le cœur bat et la bouche rose
Parle d'avenir et sourit :
L'amour fuit et, comme la rose,
L'enfant pleure son teint flétri !

A M. LE PRÉSIDENT DE LA SOCIÉTÉ

CONTRE L'ABUS DU TABAC

A M. LE PRÉSIDENT DE LA SOCIÉTÉ

CONTRE L'ABUS DU TABAC

Monsieur, je suis un membre indigne
De votre association,
Et c'est pourquoi, je me résigne
A donner ma démission.
J'ai crié comme tous les autres
Contre le tabac, ses abus ;
Gravement, pour être des vôtres,
J'ai juré de ne fumer plus...

Mais, certain jour une lorette
M'a proposé si gentiment
De sa main une cigarette
Que j'ai trahi notre serment !
Monsieur, je suis un membre indigne, etc.

La rougeur au front, je confesse
Que je n'en suis pas resté là,
Car j'ai commis, chez la comtesse,
Un péché plus gros que cela.
Au mari de celle qu'on aime
Vous savez quels égards on doit,
J'ai fumé : le comte lui-même
Choisit deux cigares pour moi !
Monsieur, je suis un membre indigne, etc.

J'ai fait plus ; oui, dans la boutique
Où l'on vend le fruit défendu,
Séduit par une femme unique,
Sans pudeur, je me suis rendu.

Là, pour faire aller le commerce
Et pour obtenir un baiser
De cette marchande perverse,
J'ai dû devant elle... priser !
Monsieur, je suis un membre indigne, etc.

Enfin (je me voile la face
Et l'avoue, avec désespoir !)
Des étudiants, pleins d'audace,
Ont su m'entraîner, hier soir.
Que s'est-il passé ? Je l'ignore...
Je sais pourtant que, ce matin,
A mon réveil, j'avais encore
Une pipe éteinte à la main !
Monsieur, je suis un membre indigne, etc.

ORAISON FUNÈBRE D'UN POÈTE

ORAISON FUNÈBRE D'UN POÈTE

Crève, poète, en ton taudis,
De froid, de dégoût, de détresse,
Oublié des amis maudits,
Abandonné par ta maîtresse
Qui te préfère un vieux richard,
Par la femme qui prit ta vie,
Et que tu méprises trop tard,
Meurtri sous les coups de l'envie,
Pauvre, malgré tous tes essais,

5.

Pour trouver rien qu'un peu d'aisance,
Découragé par le succès
Des sots que le publie encense,
Sans croire même au paradis
Que tu chantas, dans ton ivresse,
De froid, de dégoût, de détresse,
Crève, poète, en ton taudis !

NOEL

NOEL

Noël, salut à toi ! C'est ce que tout un monde
S'écrie, en se rangeant sous tes joyeuses lois ;
Arrête ici tes pas, et, suspendant ta ronde,
    Noël, écoute un peu ma voix !

Le temps presse, je sais ; c'est ton jour d'échéance,
C'est le jour où, soldant l'arriéré d'un an,
Tu dois payer, Noël, tes dettes à l'enfance ;
    Écoute, je suis un enfant.

Tu nous reconnais bien ; ta dernière visite
Nous trouva réunis près du même foyer ;
Tu soupiras toi-même, en t'éloignant trop vite
De ce domaine hospitalier.

Car tu vois peu souvent, dans la courte revue
Que tu passes de tous et sur ton long chemin,
De vrais et bons amis attendant ta venue
Gaiement et le verre à la main.

Rien ici n'est changé, Noël, et le temps glisse
Sur celle qui, fidèle à la tradition,
Pour ses enfants, ce soir, est ta douce complice,
Sur notre brave amphitryon.

Vois et la blonde Berthe et la brune Amélie
Insensibles encor à la perte d'un an ;
Seuls Eugène et Robert, au printemps de la vie,
T'apportent un soulier plus grand.

Auprès de ces marmots, regarde aussi les pères
Qui te veulent, Noël, fêter joyeusement;
Garde-toi d'oublier les mères, donne aux mères
    Ton sourire calme et charmant.

Adieu, Noël, adieu! c'est ce que tout au monde
Murmure, en regrettant tes fugitives lois;
Tu l'éloignes déjà, tu termines ta ronde :
    Adieu, pour la dernière fois!

SUPPRESSION DES VERS LATINS

SUPPRESSION DES VERS LATINS

Pauvres vers latins, vous avez péri,
Frappés, tout à coup, par la circulaire,
A votre décès le public a ri ;
    Vite on vous enterre.

Sur votre tombeau, creusé promptement,
A peine a-t-on clos la suprême porte,
Que déjà l'oubli, plus prompt que le vent,
    L'oubli vous emporte.

Je veux que, du moins, ma timide voix
Murmure, à la fin de votre long règne,
Le « De profundis. » La rigueur des lois
    Permet qu'on vous plaigne.

D'aucuns vont pleurer sur votre cercueil ;
Ils vont rappeler avec frénésie
Votre gloire éteinte et prendre le deuil
    De la poésie.

D'autres, enchantés de votre trépas,
Diront, en trouvant la classe moins sombre :
« Hardi ! supprimez ! Mais n'ajoutez pas ! »
    Ceux-là sont sans nombre !

Moi qui supportai vos lois sans courroux,
Et n'ai point souffert de votre régence,
Je prétends ici demander pour vous
    Un peu d'indulgence.

Comme d'un soldat mort avec valeur
Et dont le convoi vient frapper ma vue,
En disant de vous : « Mort au champ d'honneur! »
    Vers, je vous salue.

EN ATTENDANT L'OMNIBUS

EN ATTENDANT L'OMNIBUS

Boîtes légères en bois jaune
Qu'on pare du nom de bureaux,
Où, du haut d'un fragile trône,
En appelant nos numéros
Un homme arrête la voiture
Qui nous promène pour six sous,
Où, sous une mince toiture,
On voit, bras dessus, bras dessous,

6

Les Parisiens, les Parisiennes,
Attendre un carton dans les doigts,
Je sais que l'amour fait des siennes
Chez vous, que, sans crainte des lois,
Sans respect pour vos références,
S'installant en maître, le gueux
Du temple des correspondances
Fait celui des amants fougueux.
Oh ! ne prenez pas un air prude,
Ne niez pas, ne dites pas,
Avec un ton sévère et rude,
Que l'amour de son léger pas
Ne franchit jamais votre porte :
J'ai vu, ce qui s'appelle vu,
Des voyageurs d'étrange sorte
Abrités par vous, et j'ai pu
Deviner que dans vos baraques
Se donne plus d'un rendez-vous,
Loin des envieuses attaques,
Et loin des regards d'un jaloux.

Les employés et leurs casquettes
Au galon d'argent voient souvent
S'asseoir sur les rudes banquettes
Des jeunes gens à l'œil ardent ;
Ils sont là, la mine inquiète,
Inspectant tous les environs ;
Parfois ils se mettent en quête
De vilains petits cartons ronds,
Tenus dans la main enfiévrée
Sans nul souci du numéro.
Qu'importe à leur âme enivrée
Qu'ils tiennent deux cents ou zéro ;
Si le conducteur sur sa tête
Arbore le complet fatal,
Qu'importe ! Une femme discrète
Va bientôt, sur un ton banal,
Dire un mot au guichet vulgaire,
Et puis un couple impatient,
Prenant l'omnibus de Cythère,
Quittera le bureau bruyant,

Narguant les époux et les pères ;
C'est ainsi que Monsieur Progrès,
Dans ses inventions austères,
Pour l'amour seul se met en frais !

SÉPARATION

SÉPARATION

C'est la raison qui parle par ta bouche,
Quand tu me dis : « Quittons-nous, sans éclat;
« Ne saurait-on, sans prendre un air farouche,
« Se séparer, quand l'amour n'est plus là ! »
Ne cherchons pas d'éternelle maîtresse,
Changeons d'amour et remercions Dieu
Qui nous donna quelques instants d'ivresse :
Ne pleurons pas, en nous disant adieu !

Pourquoi songer à ces douces folies,
A ces beaux jours, qui ne reviendront plus ?
Si promptement puisque tu les oublies,
Point de soupirs, de regrets superflus !
L'amour constant te semble être une chaîne,
Va sans remords parer un autre lieu ;
Étais-je fou de ne pas voir ta peine !
Ne pleurons pas, en nous disant : Adieu !

Comme un oiseau, tu veux ouvrir ton aile
Après l'été vers de nouveaux climats ;
L'hiver fini, l'on revoit l'hirondelle ;
Elle revient : tu ne reviendras pas !
Je vais tâcher d'imiter ton courage ;
Mais ne ris pas, si ma voix tremble un peu,
Lorsque je dis, en entr'ouvrant la cage :
Ne pleurons pas et disons-nous : Adieu !

LA FEMME QUE L'ON N'A PAS !

LA FEMME QUE L'ON N'A PAS!

Qu'elle a douce et charmante mine,
Frais visage et jolis appas,
Vertu fière et grâce mutine,
    La femme que l'on n'a pas !

Avec quelle ardeur inquiète
On la croit, en suivant ses pas,
A la fois tendre et peu coquette,
    La femme que l'on n'a pas !

Tout nous dit que son cœur fidèle
Attend, en poussant des « hélas ! »
Notre amour seul... C'est la plus belle,
La femme que l'on n'a pas !

Mais pour rester l'enchanteresse
Elle doit, croisant ses beaux bras,
A nos yeux demeurer sans cesse
La femme que l'on n'a pas !

JALOUSIE

JALOUSIE

Sur son visage aimé j'ai promené ma lèvre
Et j'ai vu ses beaux yeux contre un trouble vainqueur
Lutter en vain, j'ai vu son amoureuse fièvre,
Et j'ai senti son cœur battre contre mon cœur !
En voilant un passé que sans doute elle oublie
Près de moi, je devrais, heureux et bienfaisant,
Me livrer tout entier à cette douce vie :
Je ne devrais songer qu'à mon bonheur présent.

Mais un souvenir sombre attriste ma pensée,
Me poursuit dans ses bras, m'arrache au paradis,
Et souffle la colère à mon âme glacée ;
D'autres ont entendu ces mots qu'elle m'a dits !

> Et dans une impuissante rage
> Qu'il me faut cacher à ses yeux,
> Mon âme qui l'aime et l'outrage
> Est pleine d'un doute odieux.
> Une voix crie à mon oreille :
> « Elle les aima comme toi ! »
> Une crainte amère m'éveille :
> N'aimera-t-elle plus que moi !

Excuse cette alarme, arrache-moi du rêve
Qui me dit les serments que le temps vit finir,
Et si l'avenir veut que mon règne s'achève
Bientôt, sous un baiser, cache-moi l'avenir!

UNE BRUNE S. V. P.

UNE BRUNE S. V. P.

Une brune, S. V. P ? Je voudrais une brune :
    La demande peut vous sembler
    Quelque peu folâtre, et plus d'une
Parmi celles qu'un hôte heureux sut rassembler
    Va me traiter de Turc à More :
    « Une brune ? Excusez du peu,
    « Dira-t-on, pour ce matamore,
    « Des cheveux noirs au reflet bleu,

« Des yeux sombres, brûlants et fendus en amande,

« Des sourcils dessinant un arc harmonieux,

      « Voilà ce que monsieur demande,

« Avec des cils dont l'ombre amollit deux beaux yeux !

      « On vous en donnera, des-brunes ! »

      Par malheur, on n'en donne pas ;

      Et tour à tour soleils et lunes

      Dans les cieux s'éteignent, là-bas,

Sans amener la femme idéale et rêvée !

      Cet aveu, j'en ai grande peur,

Va lancer contre moi la troupe soulevée

Des blondes, dont longtemps je fus l'ami trompeur ;

      Mais écoutez ma conférence ;

      Quand vous saurez la vérité,

      Mon discours, j'en ai l'assurance,

Fera plaindre partout mon sort immérité.

Je le déclare ici : la blonde est attrayante ;

Son beau teint velouté fait au fruit du pêcher

Songer ; de ses cheveux la couleur chatoyante

Nous dit comment Adam prit du goût au péché.

La première femme du monde,

Si j'en crois des fameux portraits,

Comme Vénus, Ève était blonde...

Sans teindre ses cheveux ni maquiller ses traits.

J'ai moi-même souvent, le plus souvent possible,

Goûté le charme exquis de promener la main

Dans les cheveux dorés d'une blonde sensible :

Mais tout plaisir trouve une fin.

Lassé, je demande autre chose :

Accusez-moi d'être inconstant ;

Si c'est un défaut honteux, j'ose

Le reconnaître... en protestant.

Quoi ! le mets le plus délectable

Devient insupportable au goût,

Mis chaque jour sur notre table,

Et l'on veut qu'en amour le menu soit partout

Immuable !... Eh bien ! moi, je dis d'une voix fière :

J'ai le cœur comme le palais ;

Vous pouvez me jeter la pierre,

Vous ne me changerez jamais !

Or, depuis fort longtemps vainement j'ai l'audace
De poursuivre en maint lieu les femmes aux yeux noirs :
  De cette fatigante chasse
Je rentre tristement bredouille tous les soirs.

  Oui, tandis que toujours les blondes
  S'élancent au-devant de moi,
  Et, brûlant d'ardeurs sans secondes,
  Me suivent jusque sous mon toit,
  Je ne puis pas, destin risible !
  Malgré ma peine et mon effort,
  Trouver une brune sensible :
  On a dû me jeter un sort !

Rien ne vous dépeindra mes désirs, mes ivresses ;
Mon appétit s'aiguise et j'en viens à lancer
  Des œillades... sur les négresses
  Que devant moi je vois passer !

Hier, j'ai cru que j'avais lassé la destinée,
Que j'allais voir mon rêve amoureux s'accomplir :
Mais la joie en mon cœur un instant ramenée
  Ne tarda pas à s'affaiblir.

Sachez qu'en flânant par la rue,

L'oreille au guet, le nez au vent,

Tout à coup surgit à ma vue

Le type auquel j'allais rêvant :

C'était bien celle que j'adore

Et que je recherche en tous lieux,

Celle que je désire encore,

Ses bruns cheveux, ses sombres yeux,

Son teint mat, et sa pâle joue,

Je m'élance, je sais bientôt

Qu'aux Bouffes du Nord elle joue.

Et je suis si pressant qu'il faut

Qu'elle cède à mes vœux et m'accorde tremblante

Pour le soir même un rendez-vous.

O qu'à venir elle fut lente

L'heure de cet instant si doux !

A la porte de son théâtre

J'allai l'attendre en me disant

Qu'enfin mon zèle opiniâtre

Triomphait d'un tourment cuisant.

Et je jetai sur chaque blonde

Qui passait un regard moqueur,

J'étais le vrai maître du monde;

Une brune m'ouvrait son cœur!

Après une assez longue attente,

Je la vis s'avancer vers moi;

L'œil en feu, l'âme palpitante,

J'accourus, plein d'un tendre émoi...

Le sort me réservait une rude secousse;

Pour me plaire et me faire honneur,

Ma conquête s'était fait teindre!... Elle était rousse!

Je reculai, saisi d'horreur!

Mon chagrin est compréhensible;

Cessez de rire, plaignez-moi;

Et si vous dénichez une brune sensible,

Vite, envoyez-la sous mon toit.

TABLE

—

FIN DE LA TABLE

616-82. — Imprimerie D. Bardin et Cᵉ, a Saint-Germain.